AF303951

Impressum:
Bibliografische Information der Deutschen Nationalbibliothek.
Die Deutsche Nationalbibliothek verzeichnet diese Publikation
in der Deutschen Nationalbibliografie; detaillierte bibliografi-
sche Daten sind im Internet über http://dnb.d-nb.de abrufbar.
Veröffentlicht bei Infinity Gaze Studios AB
1. Auflage
Oktober 2024
Alle Rechte vorbehalten
Copyright © 2024 Infinity Gaze Studios
Texte: © Copyright by Maike Johnke
Cover & Buchsatz: V.Valmont @valmontbooks

Infinity Gaze Studios AB
Södra Vägen 37
829 60 Gnarp
Schweden
www.infinitygaze.com

Unverhofftes Begehren

MAIKE JOHNKE

Unverhofftes Begehren

Ich betrete den Club in freudiger Erwartung auf das, was mich dort erwarten wird. Ihn hatte ich auf einer Dating-Seite kennengelernt und mich sofort von seiner männlichen Autorität angezogen gefühlt.

Normalerweise war ich dem Online-Dating sehr skeptisch gegenüber. Meine Vorurteile kannten keine Grenzen, und was ich darüber in meinem Umfeld hörte, bestätigte mich nur. Nach ein paar missglückten Live-Versuchen in verschiedenen Bars warf ich meine Vorbehalte über Bord und meldete mich auf einer mir empfohlenen Seite an.

Es dauerte nicht lange, und die ersten Männer kontaktierten mich mit unzüchtigen Angeboten. Doch ich wollte bei meinem Gegenüber ein gewisses Maß an Niveau und machte mich selbst auf die Suche. Seine Anzeige stach aus denen der anderen heraus, da sie geschmackvoll geschrieben war und klare Regeln aufzeigte. Er wollte regelmäßigen Sex an ungewöhnlichen Orten, ohne sich dabei direkt für irgendetwas zu verpflichten. Auf ständig wechselnde Partner hatte er keine Lust. Das entsprach genau meinen Vorstellungen, und ich ergriff die Initiative und kontaktierte ihn einfach.

Wir hatten nicht lange gefackelt und direkt ein persönliches Treffen vereinbart. Dafür hatte ich diesen Sex-Club, der versteckt in der Innenstadt lag, ausgewählt. Dieser Ort ist neutral und mit allen Möglichkeiten für ein sexuelles Abenteuer ausgestattet. Nervös fahre ich mir durch die dunklen Locken, als ich am öffentlichen Gynäkologen-Stuhl vorbeilaufe. „Damit müssen wir jetzt nicht unbedingt anfangen", denke ich nun doch etwas schüchtern.

Dies war für mich das erste Mal, dass ich einem amourösen Abenteuer nachging, und mir fehlte es definitiv an Erfahrung. Für den Abend hatte ich ein schwarzes, tief ausgeschnittenes Kleid gewählt, das nichts der Fantasie überließ. Ich wollte von ihm sofort begehrt werden und mein Leben als Mauerblümchen hinter mir lassen. Er erwartet mich bereits an der Bar stehend und an einem Whisky nippend. Er ist genau der Typ Mann, auf den ich stehe, und ich schlendere langsam und aufreizend zu ihm hin. Sein Blick liegt lüstern auf meinem Körper, und er zieht mich sofort in seine Arme. Er presst dabei meinen Körper an seinen und küsst mich hart auf den Mund. Ich genieße seine Kraft und schmiege mich an ihn, während ich seiner Zunge Einlass in meinen Mund gewähre. Meine Arme um seinen Hals geschlungen, verlange ich nach mehr und presse mein Becken gegen seines. Seine Zunge schmeckt nach Whisky, während sie gierig meinen Mund in Besitz nimmt und auskostet.

Stöhnend reibe ich mich an seinem Körper, während wir uns gegenseitig verschlingen. Mit den Händen knetet er meinen Po, und mir läuft ein wohliger Schauer über den Rücken. Das läuft besser als erwartet. Der Funke war sofort übergesprungen, und es fühlte sich so an, als würden wir uns bereits ewig kennen und nicht erst seit ein paar Chat-Nachrichten.

Wir verlassen die Bar und ziehen uns in einen der kleinen Räume zurück, die an sämtliche Flure angrenzen. In dem Raum befinden sich verschiedene Spielflächen, die wir nach Belieben benutzen können. Mir sticht dabei eine weich aussehende Matte ins Auge, die in unmittelbarer Nähe auf dem Boden liegt. Er schließt die Tür hinter uns, damit wir ungestört sind, und wir sind allein. Keine fremden Blicke oder Hände können sich in unser Spiel einmischen. Ich fühle mich sicher und geschützt. Der Schlüssel steckt in der Tür, sodass ich jederzeit die Möglichkeit habe, abzubrechen und zu gehen. Doch das möchte ich nicht. Ich möchte diesen Mann ficken, bis ich den Verstand verliere und meine Lust in die Welt hinausschreien.

Ungeduldig zerre ich an seiner Hose und öffne sie, um seinen harten Schwanz herauszuholen. Gierig lecke ich an seinem Schaft entlang und freue mich über das kehlige Stöhnen als Antwort.

„Lutsch ihn, du heißes Luder, nimm ihn ganz tief in deine feuchte Höhle", fordert er mich lustvoll auf, doch ich lasse mir Zeit. Ich fahre mit meiner Zunge immer wieder über seine feuchte Schwanzspitze und lecke die salzigen Tropfen auf, die bereits aus ihm herausquellen. Ungeduldig stößt er schon mit seinem Becken vor, und ich genieße es, ihn voll und ganz unter meiner Kontrolle zu haben. Endlich reißen wir uns die Kleidung vom Leib, und ich dirigiere ihn unter mich auf die von mir ausgewählte Liegefläche.

Jetzt fange ich an, seinen Schwanz richtig zu bearbeiten, während ich seine Eier knete.

„Fick mich endlich, du Biest. Reite meinen harten Schwanz. Ich will dich auf mir, während ich deine Titten knete." Seine Stimme hat vor Lust bereits einen rauen, rauchigen Klang, und das macht mich noch geiler, als ich es eh schon bin. Ich hätte nie gedacht, dass mich solche Ansagen einmal so anmachen würden. Er zieht mich nach oben und über seine Hüften, während sein dick geschwollener Schwanz zwischen meinen Beinen zuckt. Seine autoritäre Souveränität ist genau das, was ich mir wünsche. Wir sehen uns tief in die Augen, während er sanft anfängt, meine bereits nasse Höhle zu erforschen und mit dem Finger in sie einzudringen. Ein Schauer der Erregung erfasst mich, und ich stöhne lustvoll. Eine Hand hat er zur Stabilisierung auf meiner Hüfte gelegt, mit dem Daumen der anderen Hand drückt er gegen meine Klit und lässt die restlichen Finger in mir spielen. Lustvoll reite ich auf seinen Fingern auf und ab und kann nicht genug davon bekommen.

„Du bist so heiß, ich will meinen Schwanz in dich rammen und es dir so richtig besorgen", stöhnt er mit glasigem Blick. Mit vor Erregung zitternden Fingern streife ich ihm das bereitliegende Kondom über, was ihn erneut laut aufstöhnen lässt. Positiv überrascht habe ich festgestellt, dass Kondome überall bei den Spielplätzen leicht erreichbar zur Verfügung liegen.

Ich bin bereits so nass, dass ich wie von selbst auf seinen Schwanz rutsche. Ich spüre seine Härte tief in mir drin und die pure Lust in seinen Augen zu sehen lässt mich alle Hemmungen verlieren. Mein Becken bewegt sich wie von selbst auf und hab. Ich spüre seine Hände auf meinen Titten und seinen Schwanz in mich hinein und hinaus gleiten. Er kommt meinen Stößen entgegen und wir finden schnell einen gemeinsamen Rhythmus. Er nimmt die Hände von meinen Brüsten und beginnt mit den Fingern im Rhythmus unsere

Stöße meine Klit zu massieren. Ich drücke mich seinen Finger entgegen um den köstlichen Druck zu erhöhen und die Reibung zu intensivieren. In mir entflammt ein Feuer der Lust, das sich langsam seinem Weg aus meinem Unterleib in jede Nervenzelle meines Körpers bahnt. Mein Atem geht schwer. Ich stöhne, ich keusche, meine Muskeln spannen sich immer mehr an. Ich habe das Gefühl zu fliegen und mit jedem Stoß werde ich immer weiter davongetragen. Aus mir dringen immer kehligere Laute, ich kann nicht mehr denken, nur noch fühlen. Der süße Druck trägt mich davon bis ich mich in einem Aufschrei verliere und einfach nur noch in Ekstase davonschwebe. Er hält mich sicher mit seinen Händen fest während ich meinen Orgasmus durchlebe und ich fühle mich bei ihm gut aufgehoben. Nachdem ich wieder sicher im hier gelandet bin verschafft er sich mit schnellen Stößen seine Erleichterung und ich genieße es sein Gesicht zu betrachten, während er sich seinem Orgasmus hingibt. Ich gleite von ihm herunter und er nimmt mich in seine Arme und gibt mir den halt und die Stärke die ich jetzt benötige.

Keiner von uns sagt ein Wort und nach einer kurzen Weile stehe ich auf und ziehe mich an. Bei der Türe bleibe ich kurz stehen und blicke zu ihm zurück. Er liegt noch immer nackt ausgestreckt auf der Matratze und lächelt mich an und ich lächle zurück. Seinen nackten Anblick speichere ich mir in meinem Gedächtnis ab für spätere einsame Stunden. Er ist eine Augenweide und ich könnte mich direkt noch einmal auf ihn stürzen. Doch für den Anfang ist das genug. Wir werden uns ganz bestimmt wiedersehen.

Es vergehen keine zwei Wochen, da habe ich bereits eine weitere Nachricht von ihm in meinem Postfach. Scheinbar hat er genauso gefallen an mir gefunden, wie ich an ihm. Ich hatte mich noch mit einem anderen Kerl getroffen, doch das Date vorzeitig abgebrochen. Der Mann war mir einfach zu schmierig und unheimlich vorgekommen. Deshalb bin ich froh, dass sich mein Augenschmaus, so schnell wieder bei mir meldet. Er bestellt mich zu einem späten Abend-Fick in sein Büro ein. Mir gefällt es, dass er das Kommando übernimmt. Seine Nachrichten sind kurz und bestimmt, haben aber auch einen schelmischen Unterton. Ich weiß ganz genau, dass ich auch jederzeit 'Nein' sagen, oder die Bedingungen ändern kann, aber genauso will ich es haben. So haben wir es abgesprochen. Er ein wenig bestimmt und ich ein wenig devot, ohne dabei in den S/M Bereich abzurutschen. Ich mag es einfach ein wenig sexuell dominiert zu werden und die Kontrolle abzugeben.

Meine Garderobe passe ich die einer strengen, sexy Sekretärin an. Ich trage einen engen, schwarzen Bleistiftrock mit einer taillierten, schwarzen Bluse die ich bis oben hin schließe. Unter dem Rock entscheide ich mich für halterlose Netzstrümpfe und Pumps mit hohen Pfennigabsätzen. Für darunter hatte ich mir eine kleine Überraschung einfallen lassen. 'Mal sehen ob Mr. Sexy Humor hat ', freue ich mich auf seine Reaktion. Die Lippen schminke ich mir in einem verführerischen rot und verzichte ansonsten auf Make-up. Die Haare schlinge ich zu einem Dutt nach oben. Ich werfe noch einen letzten, kontrollierenden Blick in den Spiegel und bin zufrieden.

Während ich mich auf den Weg zu meinem Date mache, muss ich an meinen Ex-Mann denken. Dieser hatte mich wegen einer Frau verlassen, die so wie ich jetzt bin, aussieht, aber viele Jahre weniger im Pass stehen hat. Heute bin ich ihm dafür dankbar, obwohl die ersten Jahre alleine hart waren. Jetzt habe ich die Fesseln der braven Hausfrau abgestreift und erlebe endlich die Lust, die mir all die Jahre über in meiner lieblosen Ehe gefehlt hat.

Bei der Adresse, die er mir genannten hat, stelle ich mich auf den mir zugewiesenen Parkplatz. Er scheint hier einen wichtigen Posten zu bekleiden, da wird niemand Fragen stellen. Ich gehe zum eindrucksvollen Eingang des Gebäudes und in den Empfangsbereich hinein. Der Mann am Empfang nickt mir freundlich zu, hält mich aber nicht auf, als ich zum Fahrstuhl gehe. Er ist darüber informiert das ich komme.

' Ob er darüber Bescheid weiß, warum ich um diese Uhrzeit hierherkomme? ', kicherte eine freche Stimme in meinem Kopf und ich muss jäh breit Grinsen.

Ich steige im 8. Stockwerk aus dem Fahrstuhl aus und gehe den langen, mit dickem Teppich ausgelegten Flur entlang zu seinem Büro. Das es sein Büro ist, beweist mir ein breites Messingschild, mit seinem Namen darauf, neben dem Türrahmen. Ohne vorher anzuklopfen trete ich ein und werfe die Tür provokant hinter mir zu.

Er thront lässig, in einem nach Maß gefertigten Anzug bekleidet, hinter seinem Schreibtisch, und hebt noch nicht einmal den Kopf als ich eintrete. In aller Seelenruhe schreibt er seine E-Mail zu Ende und macht sich dazu noch ein paar Notizen.

„Du hast mich zum Diktat gerufen", sage ich mit gelangweilter Stimme und gehe aufreizend langsam zum Konferenztisch. Dort angekommen, nehme ich mir ein herumliegendes Unternehmens-Magazin und blättere lustlos darin rum ohne ihn weiter zu beachten. Ich merke das er mich ansieht, aber ich ignoriere ihn. ' Mögen die Spiele beginnen', flüstert meine innere Lust begehrlich.

„Komm her", gebietet er streng, doch ich ignoriere ihn. Ich lese ihm stattdessen laut einer

Überschrift von einem Artikel aus dem Magazin vor und nicke Bedeutungsschwanger.

Er steht mit ernster Miene auf und kommt zu mir hin. Ruppig reist er mir das Magazin aus der Hand und knallt es neben mir auf den Tisch. Er zieht mich in die Arme und küsst mich energisch. Dabei drängt er mich gegen den Tisch. Ich lasse ihn ein paar Augenblicke gewähren, dann entziehe ich mich ihm wieder. Roter Lippenstift leuchtet an seinem Mund, als ich mich von ihm abwende und zum Fenster gehe um hinaus zu sehen. Die Fenster sind Bodentief und ich kann von hier aus den Parkplatz und mein Auto sehen. Sofort Blitzt in meinen Gedanken eine Fantasie auf, die er mir bestimmt nur zu bereitwillig erfüllen wird.

„Wirst du mich hier am Fenster ficken?" frage ich ihn direkt und ohne Peinlichkeit. So etwas wie Gehemmtheit gibt es zwischen uns nicht. „Später Darling, erst habe ich andere Pläne mit dir. Wir haben Zeit", ist seine lapidare Antwort darauf.

Mühsam kämpfe ich gegen einen zu begeisterten Ausdruck in meinem Gesicht an. Er tritt hinter mich und presst seinen bereits leicht erigierten Schwanz gegen meinen Po, während er von hinten meine Brüste umfasst und sanft streichelt und knetet. Sein Mund wandert dabei hauchzart von meinem Nacken an den Hals hinab und verursacht mir eine Gänsehaut.

Ich erwidere den Druck an meinen Hintern und schmiege mich dabei ein seine muskulöse Brust. Mein Kopf fällt leicht zur Seite um ihm besseren Zugang zu meinem Hals zu gewähren.

Die lodernde Flamme der Lust beginnt langsam in mir zu züngeln. Das Telefon klingelt und unterbricht unser Liebesspiel aufdringlich. Er flucht leise obszön, während ich mit den Augen rolle. Verärgert sieht er nach ob es jemand wichtiges ist und kommt zum Glück sofort wieder. Das klingeln hört auf und ich drehe mich zu ihm um. „Ich habe die Umleitung eingeschaltet", zwinkert er mir verschwörerisch zu, bevor er mich erneut küsst. Dann zieht er mich an der Hand zu seinem Schreibtisch. Er öffnet eine untere, tiefe Schublade an diesem und entnimmt ihr eine Champagnerflasche und zwei Champagner-Flöten. 'Das nenn ich Stilsicher', denk ich mir und lass mich wieder zum großen Tisch locken. Bedauerlicherweise hat sein Büro keine Couch auf der wir es treiben können, aber wir werden auch so zurechtkommen. Der Tisch sieht einladend aus. Er ist groß, breit und stabil genug ein paar Sperenzien auszuhalten. Ich ziehe mich hoch und setze mich auf das dunkle Holz. Mein Rock rutscht dabei ein Stück den Oberschenkel hinauf und lässt den Rand des Netzstrumpfes erahnen. Ich sehe das er das wohlwollend zur Kenntnis nimmt.

„Was machst du eigentlich hier?", frage ich ihn um Konversation bemüht, während ich am Champagner nippe. Ich sehe mich neugierig um. Dieses Büro sieht eindeutig nach Chef-Etage aus. Sein souveränes Auftreten spricht allein für sich.

„Das wüsste ich auch manchmal gerne", schmunzelt er und nimmt mir den Champagner ab um ihn auf ein Sideboard zu stellen. Ich mag den klang seiner tiefen Stimme. Sie löst ein erotisches Vibrieren tief in meinem innersten aus. Noch mehr mag ich es, wenn sie schmutzige Worte von sich gibt.

Er kommt zurück und stellt sich zwischen meine Beine. Mit den Händen schiebt er an meinen Oberschenkeln den Rock weiter nach oben bis meine Strümpfe frei liegen. Ich vergrabe meine Hände in seinen Haaren und ziehe seinen Kopf zu mir heran um ihn gierig zu küssen. Ich will gar nicht wissen wo überall der Lippenstift bereits klebt. Wir sehen bestimmt aus wie überlebende eines Massakers. Unsere Zungen umschlingen sich, während er mich an seine Brust presst. Ich spüre seinen Ständer in meinem Schritt und das törnt mich nur noch mehr an. Er unterbricht den Kuss nur kurz um sich seines Sakkos zu entledigen, dass er achtlos auf einen der umstehenden Stühle schmeißt. Ich fange an die Knöpfe seines Hemdes zu öffnen, während er weiter fordernd mit der Zunge meinen Mund erforscht. Seine Hände liebkosen dabei meinen Rücken und streifen dabei sanft von oben nach unten. Plötzlich lässt er von mir ab und sieht mir tief in die Augen. Er hat einen wahnsinnig intensiven Blick aus tiefblauen Augen, die drohen mich bei lebendigem Leib zu versengen. An dem funkeln in seinem Blick erkenne ich, dass er etwas mit mir vorhat.

Gebannt warte ich darauf, was es sein wird. Ich werde zielsicher weiter in die Mitte des Tisches und in die gewünschte Position geschoben. Danach entledigt er mich meines Rocks und Slips, sodass ich untenrum entblößt vor ihm auf dem Präsentierteller liege. Die Strümpfe und die Schuhe behalte ich an.

Er gleitet sacht mit den Fingerspitzen die Innenseite meines Oberschenkels entlang, was mir ein leises Seufzen entlockt. Ich lasse meinen Kopf zurück auf die Tischplatte sinken und schließe meine Augen. Sein Vorhaben ist mehr als eindeutig. Das zufriedene Lächeln sagt mir, dass er mich genau da hat, wo er mich haben will.

Er beugt sich hinab, um meinen Bauch zu küssen, und stutzt kurz, leise lachend. Ihm ist meine Intimfrisur aufgefallen, die ich extra heute für ihn rasiert habe. Ich weiß nicht, ob er es erkennen kann, aber sie stellt einen Pfeil dar, der genau zu meiner Spalte zeigt.

„Glaube mir, ich finde deine Fotze auch so", höre ich ihn schmunzelnd murmeln, und muss grinsen. Humoristisch sind wir auf einer Wellenlänge. Er küsst sich seinen Weg den Bauch hinab und entlang meiner Leiste. In meinem Unterleib beginnen bereits die Flammen der Lust zu züngeln. Ich kann es kaum mehr abwarten, seinen Mund dort zu spüren, wo es bereits tief in mir ungeduldig pocht. Doch er lässt sich Zeit und liebkost erst alles andere als das Ziel meiner Begierde.

Ich wippe ihm auffordernd mit dem Becken entgegen, erreiche aber nur, dass er mit den Händen meinen Po umfasst und festhält. Resigniert seufze ich, um kurz darauf laut aufzustöhnen. Er hat seine Zunge tief in meiner Spalte vergraben und leckt einmal quer hindurch hinauf zu meiner Klit. Immer wieder gleitet seine Zunge tief in mich hinein, leckt mich aus, um danach meine Klit zu umkreisen.

Jetzt nimmt er auch noch seine Hände zu Hilfe, um mich komplett zu öffnen und freizulegen, sodass seine Zunge ungehindert überall Zugang findet. Ich habe das Gefühl, als ob mich Lavaströme durchfließen, und mein Atem geht nur noch stoßweise. Die Geräusche, die ich von mir gebe, versuche ich nicht weiter zu interpretieren.

Als er schließlich an meiner Klit saugt, kann ich einen Schrei nicht mehr zurückhalten. Ich bin kurz davor, in einer gewaltigen Explosion zu kommen. Ich zittere bereits am ganzen Körper, und meine Muskeln spannen sich vor Lust an.

Ich warte darauf, dass er es vollendet, doch das tut er nicht. Er hört auf, mich zu lecken, und richtet sich auf, während ich zitternd vor Lust vor ihm liege. Einen kurzen Moment lang bin ich richtig sauer auf ihn. Sein Blick ist voller Begierde und wirkt leicht glasig. In seiner Hose ist sein Ständer bereits mehr als deutlich zu erkennen, so prall drückt er sich gegen den dünnen Anzugstoff.

Ich richte mich auf und greife nach der Gürtelschnalle, um sie zu öffnen. Dann öffne ich seine Hose und schiebe sie ihm direkt mit den Pants über die Hüften. Sein Schwanz wippt mir augenblicklich, feucht vor Lust und dick aufgerichtet, entgegen. Ich weiß noch vom letzten Mal, dass er einiges zu bieten hat, und das lasse ich mir nicht entgehen. Sein Duft nach

Schwanz, Lust und Mann schlägt mir entgegen und macht mich noch geiler, als ich es ohnehin schon bin.

Genüsslich lecke ich über seinen Schaft und sammle an seiner Penisspitze die Lusttropfen ab, die bereits aus ihm herausquellen. Ich spiele mit seinen Hoden und lasse mir diesen prachtvollen Stab tief in den Mund gleiten. Er hat seine Hände auf meinen Hinterkopf gelegt und gibt den Rhythmus vor, wie ich ihn lutschen soll. Ich knete seinen Schaft und die Hoden, um ihm dieselbe Lust zu verschaffen, die er mir zuvor bereitet hat.

Nach einer Weile gibt er mir ein Zeichen aufzuhören. Schweiß steht ihm auf der Stirn, und ich sehe ein Rinnsal in seinem Hemdausschnitt verschwinden. Am liebsten würde ich ihm den Schweiß vom Hals lecken, aber ich reiche nicht heran.

Wir knöpfen uns gegenseitig die Hemden auf und lassen sie dort fallen, wo wir gerade stehen. Mein BH fällt sofort unbeachtet hinterher, bevor er sich meinen Brüsten zuwendet. Seinem Gesichtsausdruck entnehme ich, dass er hingerissen ist von dem, was er sieht.

Vorsichtig wiegt er sie in seinen Händen und saugt und leckt an den Brustwarzen. Prinzipiell mag ich Zärtlichkeiten an den Brüsten, doch heute dauert mir das zu lange.

Ich schiebe ihn sanft von mir weg, um vorsichtig vom Tisch zu gleiten. Er hilft mir, indem er mich, als ob ich nichts wiegen würde, einfach herunterhebt und auf den Boden stellt. Mit wiegenden Hüften gehe ich zu der großen Fensterscheibe und stelle mich aufreizend davor. Ich höre ihn im Hintergrund rascheln und das Aufreißen eines Kondompäckchens. Um die Sicherheit muss ich mir bei ihm keine Gedanken machen, das stand nie zur Diskussion.

Sekunden später steht er hinter mir, und ich schmiege mich an ihn. Ich bin froh, dass ich noch die hohen Schuhe trage, da er doch ein gutes Stück größer ist als ich. Er liebkost von hinten wieder meine Brüste und reibt seinen harten Penis an meinen Pobacken. Ich recke ihm meinen Hals entgegen, und er beugt sich hinab, um ihn zu küssen. Seine Hand umfasst meine Wange, um mich so weit zu ihm zu drehen, dass er mich stürmisch küssen und erneut entflammen kann.

Ich bin so feucht, dass ich Sorge habe, überzulaufen und dass mir alles die Beine hinunterrinnt.

„Fick mich endlich, du Mistkerl. Wie lange soll ich denn noch warten?" fauche ich ihn ruppig an, und er sieht amüsiert auf mich hinunter.

„Dein Wunsch ist mir Befehl", schnurrt er beunruhigend ruhig und bringt mich in Position. Ich beuge mich etwas nach vorn, um ihm meinen Hintern entgegenzurecken. Seine Hände packen mein Becken mit festem Griff, und er versenkt sich mit einem einzigen, festen Stoß bis zum Anschlag in mich hinein. Ich schreie vor Überraschung und Erregung auf. Meine Hände stütze ich gegen die Glasscheibe und habe freie Sicht nach draußen. Dass ich von draußen genauso gut gesehen werden kann, da das Büro hell erleuchtet ist, verschafft mir einen zusätzlichen Kick. Im Spiegelbild sehe ich ihn groß hinter mir aufragen und kann seine Bewegungen beobachten. Meine Netzstrümpfe zeichnen sich dunkel von meiner Haut ab und verleihen dem Ganzen etwas Verdorbenes.

Er zieht sich ein Stück aus mir zurück, um erneut tief zuzustoßen. Schnell findet er einen guten Takt, in dem wir uns eine Weile wiegen. Mir reicht das alles nicht. Ich brenne. Ich will mehr.

„Mehr", stöhne ich an der Scheibe, „ich brauche dich heute so richtig hart!"

Das lässt er sich nicht zweimal sagen und gibt Gas. Seine Hoden klatschen laut bei jedem Stoß gegen meinen Po, wenn er seinen Prügel fest und hart in mich hineinstößt. Ich beuge mich noch weiter nach vorn, damit er noch tiefer in mich hineinkommt. Seine Hände halten mein Becken unbarmherzig in der Spur, und ich drücke mich in jeden Stoß hinein. In mir zieht sich alles zusammen, ich fühle mich zum Zerreißen gespannt. Der Orgasmus ist kurz bevor, doch noch geht es nicht. Das scheint er zu bemerken und ändert seine Taktik.

Er zieht mich an sich heran und fasst mir zwischen die Beine, während er noch in mir ist. Mit geübten Fingern übt er Druck auf meine Klit aus, während er mich im Arm hält. Es zerreißt mich fast sofort. Laut schreie ich meinen Orgasmus hinaus, während er mich weiter massiert. Ich habe das Gefühl, als ob die Explosionen in meinem Unterleib kein Ende nehmen. Schließlich erlöst er mich und lässt meine Ekstase durchfließen.

Als ich mich einigermaßen gesammelt habe, fickt er mich weiter. Diesmal stürmisch und schnell, um auch sich die ersehnte Erlösung zu verschaffen. Er hat den Kopf dabei in den Nacken gelegt und rammt sich wie ein Besessener in mich hinein. Ich merke, dass sich ein zweiter Orgasmus in mir zusammenbraut, je derber er mir zusetzt. Unsere Körper spannen sich an, und ich kann seine männliche Urkraft an mir spüren, als sein Schwanz pulsierend explodiert und seinen Saft in mir vergießt. Gemeinsam schreien wir unseren Orgasmus heraus.

Ich bin in meinem ganzen Leben noch nie so dermaßen hart durchgefickt worden und grinse debil, so satt und zufrieden fühle ich mich.

„Wieder etwas über die eigene Lust gelernt.“

Außer Atem legt er seine Stirn auf meinem Hinterkopf ab, und wir halten uns in stummer Eintracht eine Weile im Arm. „Wie kann Sex nur so großartig und leidenschaftlich sein, wenn man eigentlich nichts voneinander weiß und sich kaum kennt?" schießt es mir durch den Kopf.

Er löst sich langsam und vorsichtig aus mir und gibt mich frei, um das Kondom zu entsorgen. Kühle streicht über meinen Körper, an der Stelle, wo er eben noch gewesen ist, und ich empfinde ein leichtes Bedauern. Ich betrachte ihn dabei, wie er nackt und selbstbewusst durch sein Büro läuft, als wäre das das Selbstverständlichste der Welt.

Als er wiederkommt, hat er den Champagner dabei. „Ich dachte mir, ein kleiner Schluck zur Stärkung kann nicht schaden", sagt er augenzwinkernd und hält mir die Champagnerflöte entgegen.

„Wahrscheinlich genau deswegen", gebe ich mir die Antwort selbst, „kein Alltag und keine Pflichten. Nur pure Lust."

Wir stoßen an, und ich trinke durstig. Meinen Hunger hat er heute fantastisch gestillt. Ich zupfe ein Paket Feuchttücher aus meiner Tasche und versuche, so gut es geht, die Lippenstiftspuren an unseren Körpern zu entfernen. Für das nächste Mal weiß ich Bescheid: Kein

Lippenstift. Nachdem wir uns angezogen haben und ich mich zum Gehen bereitmache, nimmt er mich zum Abschied noch einmal in den Arm.

Wir küssen uns dieses Mal spielerisch und ohne die sonstige Gier, die uns vor dem Sex umtreibt. Ich könnte ihn stundenlang küssen. Selbst bei dieser Disziplin harmonieren wir perfekt.

„Lass bald von dir hören", flüstert er mir ins Ohr, bevor ich gehe, und ich verspreche es ihm.

Wie das Schicksal es so will, haben wir beide in den nächsten drei Wochen so viel zu tun, dass an ein weiteres Treffen nicht zu denken ist. Zuerst schreiben wir uns nur ab und zu ein paar Nachrichten, dann irgendwann jeden Tag. Meine Laune ist mittlerweile auf dem Gefrierpunkt angelangt, und ich fantasiere nachts davon, wie er mich nimmt. Aus seinen Nachrichten kann ich auch ein gewisses Maß an Frust bei ihm herauslesen. Ich hätte nicht gedacht, dass ich mich noch einmal sexuell so auf jemanden fixieren kann.

Im Laufe der Zeit steigt ein gewisses Maß an Eifersucht in mir auf. Vielleicht erzählt er mir ja nur, dass er aktuell keine Zeit hat, um sich quer durch das Online-Angebot zu vögeln. Es könnte ja sein, dass ich mir sein Interesse nur einbilde, weil es von mir ein unbestreitbares Wunschdenken ist. Seine Nachrichten wären dann einfach nur eine gut eingefädelte Vertuschung. Wütend über mich selbst, weise ich mich zurecht:

„Du hast keinerlei Anspruch auf ihn.“

Das war eine seiner Regeln. Alles verläuft zwanglos, ohne an Bedingungen geknüpft zu sein. Dass ich mich jetzt in irgendetwas hineinsteigerte, war einzig und allein mein Problem.

Ich sehe auf der Online-Plattform nach, ob mich andere Männer kontaktiert haben, die mich interessieren könnten. Leider ist nichts Passendes dabei.

„Solange meine Muschi auf seinen Schwanz fixiert ist, werde ich hier wohl nicht mehr so schnell etwas finden“, denke ich frustriert.

Nachdem ich einen kurzen, stalkerhaften Blick auf seine Seite geworfen habe, stelle ich zufrieden fest, dass er so gut wie gar nicht mehr online ist. An mangelnden Sexpartnern mangelt es in diesem Forum nicht. Eine kleine Hoffnung schleicht sich in mein Herz, dass dies vielleicht auch mit mir zu tun haben könnte.

Irgendwann bin ich so frustriert über meinen Terminkalender und so auf untervögeltem Entzug, dass ich eine Notlösung vorschlage:

„Kurzer Quickie im Auto? Ich kann nicht mehr und will deinen Schwanz jetzt! Du darfst auch gerne mitkommen ;-)", schreibe ich ihm und hoffe, dass er es schnellstmöglich liest.

Ich habe Glück und erhalte innerhalb von ein paar Minuten eine Antwort:

„Wir treffen uns in einer Stunde. Ich bringe ihn dir zum Parkplatz am Waldfriedhof in S. Nett, dass ich auch dabei sein darf. Ich brauche auch dringend deine Titten im Gesicht und dich nass auf mir drauf. Ich fahre einen blauen SUV."

Er klingt genauso ausgehungert wie ich. Ein kleiner Freudenschrei entweicht meinen Lippen, und ich fahre ertappt zusammen.

„Was ist das nur zwischen uns beiden?"

Das Wort „Beziehung" hat bisher keiner von uns in den Mund genommen. Wir wollten

beide einfach nur zwanglosen Sex an ungewöhnlichen Orten. Unsere Körper schienen
aber mittlerweile ein Eigenleben zu führen,
ohne auf den Verstand zu hören.

Ich eile in mein Schlafzimmer, um mir ein
leicht zugängliches, weites Sommerkleid anzuziehen. Der weite Rock gewährte mir jede Bein-
freiheit, die ich benötigte, und die elastischen
Träger stellten für eine männliche Hand auch
kein Hindernis dar. Auf Unterwäsche verzich-
tete ich von vornherein. Ein ungewohnt lufti-
ges Gefühl streift meine Genitalien, als ich zum
Auto eile, und meine Brustwarzen drücken
sich deutlich unter dem dünnen Stoff ab.

„Himmel, wie notgeil kann man sein."

Den Wind an meiner nackten Scham kitzeln
zu fühlen, hatte auch etwas von einem Vor-
spiel. Leise über mich selbst lachend, steige ich
ins Auto ein und fahre los.

Ich erreiche mein Ziel in der vorgegebenen
Zeit und sehe seinen Wagen bereits am anderen Ende des Parkplatzes in einer kleinen Ni-
sche parken. Meinen Zweisitzer parke ich direkt neben seinem großen Geschoss, sodass wir
aus Platzmangel vom Rest des Parkplatzes

abgeschirmt sind. Den kleinen Sportflitzer hatte ich mir nach der Scheidung gegönnt und fand, dass er gut zu mir passte. Neben seinem kraftvollen Riesen wirkte der Wagen allerdings klein und zierlich.

Ich steige aus, um bei ihm direkt auf der Rückbank wieder einzusteigen. Kaum sitze ich drin und wende mich ihm zu, schnappt er sich meine Beine und zieht sie über seinen Schoß. Meine Pantoletten plumpsen dabei haltlos in den Fußraum. Ich habe diese Schuhe extra gewählt, um sie bei Bedarf schnell loswerden zu können. Sein Kuss drückt mich halb liegend in die Sitze.

„So bekommt der Begriff ‚flachgelegt werden' eine ganz eigene Bedeutung."

Ich schlinge meine Arme um seinen Hals und gebe mich ausgehungert voll und ganz seinen Lippen hin. Mein Herz und meine Vagina jubeln um die Wette, und ich kann es kaum erwarten, endlich meine ersehnte Befriedigung zu bekommen. Er streift mir die Träger meines Kleides ab, um sich danach genüsslich mit meinen Brüsten zu beschäftigen. Dass dies ein kleiner Fetisch von ihm ist, habe ich bereits gedanklich notiert und lasse ihm seinen Spaß.

Ich lehne mich zurück und schließe meine Augen, während ich seine Zunge, Hände und Liebkosungen genieße. Mein Körper pulsiert bereits nach wenigen Minuten, und mein Geist schwebt auch schon in rosaroten Sphären. Ich kann mich nicht daran erinnern, bei meinem Mann derart schnell und heftig auf seine Berührungen reagiert zu haben. Dieser Kerl machte mich allein schon durch seinen Geruch heiß.

Nach einer Weile verschaffe ich mir etwas Platz und fingere gierig nach seiner Hose. Wie erwartet ist sie bereits prall gefüllt mit seiner Köstlichkeit. Ich befreie das Objekt meiner Begierde und beuge mich hinab, um seine Spitze sanft zwischen meine Lippen zu nehmen. Mit meiner Hand massiere ich seinen Schaft, während meine Zunge nur mit seiner blankgelegten Eichel spielt. Freudig nehme ich sein Stöhnen und die ersten Lusttropfen zur Kenntnis.

„Das reicht jetzt, Fräulein", schimpft er neckend mit angespanntem Gesichtsausdruck. Die Grenze seiner Beherrschung ist erreicht.

Ich weiche schmunzelnd zurück und beobachte, wie er das gute Stück angemessen verpackt.

„Komm endlich her und mach mich glücklich", seufzt er mit ungewohnt zärtlicher Stimme und zieht mich auf seinen Schoß. Nicht nur ich scheine heute in besonderer Stimmung zu sein. Ich lasse seinen Schwanz in mich gleiten. Er fühlt sich himmlisch an und füllt mich perfekt aus. Bevor ich anfange, ihn zu reiten, muss ich ihn küssen. Wir knutschen uns in Ekstase, und währenddessen beginnen unsere Körper sich ganz von allein zu bewegen.

Irgendwann bekomme ich ein Luftproblem und werfe den Kopf zurück, um nach Atem zu ringen. Mit halbgeschlossenen Augen sehe ich, dass die Scheiben bereits vollständig angelaufen sind und kleine Wassertropfen als Rinnsal hinunterlaufen. Wir treiben uns gegenseitig zu einem immer energischeren Rhythmus an, und ich bin froh, dass es in diesem Wagen so viel Bewegungsfreiheit gibt. Mit dem Kopf an die Decke zu stoßen oder sich irgendwie einzuklemmen, stelle ich mir sehr unerotisch vor.

Ich dirigiere seine Hände in unseren Schoß und signalisiere ihm, dass ich mehr Reibung brauche. Er versteht sofort, was ich von ihm will, und drückt seinen Daumen an meine empfindliche Stelle. Nach nur wenigen Stößen sind wir dann so weit und kommen unmittelbar nacheinander stöhnend zum Höhepunkt. Ich sacke auf ihm zusammen, und er umschließt mich in einer festen Umarmung.

Von Glückshormonen beseelt kuschle ich mich an ihn, schnuppere an seinem Duft und bin vollkommen zufrieden im Hier und Jetzt. Mir wird klar, dass wir nicht nur gerade körperlich miteinander verbunden sind, sondern bereits eine größere Ebene der Intimität erreicht haben. Er hält mich schweigend im Arm und streichelt sacht über meinen Rücken. Was er denkt, weiß ich nicht, doch tut er nichts, um diese innige Zweisamkeit zu lösen.

Wieder einmal macht uns sein Telefon darauf aufmerksam, dass wir nicht allein auf der Welt sind. Diesmal stoße ich einen unflätigen Fluch aus.

„Ich muss jetzt leider wieder los", flüstert er mit Bedauern in der Stimme.

„Das habe ich gehört", seufze ich und schaue auf seine Armbanduhr.

„Für mich wird es leider auch Zeit, obwohl ich gerade anfange, Sitzfleisch zu entwickeln", versuche ich einen kleinen Scherz, um die Stimmung etwas aufzulockern.

Sein verschmitztes Lächeln verleitet mich zu einem weiteren Kuss, der gerne entgegengenommen wird. Ich gleite von ihm hinunter und richte mein Kleid, bevor ich meine Schuhe aus dem Fußraum aufsammle.

Einem Impuls folgend, wage ich einen Schritt in unserer Beziehung, der eigentlich so nicht vorgesehen ist.

„Was hältst du von einem richtigen Date? Das volle Programm mit Dinner, Besäufnis, Sex und Übernachtung?"

Mein Herz pocht bei dieser Frage wie verrückt bis zu meinem Hals, und meine Hände sind eiskalt.

Er sieht mir mit seinem Wahnsinnsblick tief in die Augen und streicht mir eine Haarsträhne aus dem Gesicht. Zu meiner großen Freude und Überraschung sagt er: „Sehr gerne. Ich gebe dir Bescheid, wann ich kann."

Zehn Tage später ist es soweit. Nervös laufe ich durch meine Wohnung und versuche, alles schön herzurichten. Ich habe das Bett frisch mit sündig roter Bettwäsche bezogen und ein paar Kerzen auf dem Nachttisch aufgestellt. Da ich heute kein Risiko eingehen will, gehe ich auf Nummer sicher und werde für heute Abend Spaghetti Bolognese kochen. Als Dessert habe ich eine leckere Zitronencreme vorbereitet. Sehr wahrscheinlich werde ich wohl selbst das Dessert des Abends darstellen, aber man weiß ja nie.

Im Bad bin ich heute besonders sorgfältig und beschließe, meine Spalte glatt zu rasieren. Den Scherz mit der Intimrasur noch einmal zu wiederholen, kam mir blöd vor. „Ob er sich heute auch besondere Mühe gibt?", frage ich mich insgeheim und hoffe es. Nicht, dass er mich je körperlich enttäuscht hätte. Er war ein sehr gepflegter und geschmackvoller Mann, der genau um seine Außenwirkung wusste und bewusst darauf achtete.

„Eigentlich ist er fünf Nummern zu groß für dich", meldet sich mein innerer Kritiker, als ich mich im Badezimmerspiegel betrachte.

„Unsinn", sage ich laut zu meinem Spiegelbild. „Er ist heute Abend hier, und den Sex hat er bereits im Vorfeld bekommen."

Ich gehe zu meinem Kleiderschrank, um den Spitzenbody hervorzuholen. Den Hauch von nichts hatte ich mir vor Jahren mal gekauft, um damit meine Ehe zu retten. Ich hatte mich jedoch nie getraut, ihn anzuziehen, aus Angst, lächerlich zu wirken. Heute ist ein guter Anlass, das schöne Teil einzuweihen. Mein Selbstbewusstsein ist durch ihn so immens gewachsen, dass sich das nicht nur auf meine körperliche Wahrnehmung auswirkte.

Ich war innerlich gewachsen und ließ mir nicht mehr so leicht den Mund verbieten. Das hatte mein Chef, zu seinem Leidwesen, schon zu spüren bekommen. Jetzt war er vorsichtiger darin, wie er mit mir umging, und zollte mir mehr Respekt.

Ich schlüpfe in den Body und drehe mich vor meinem bodenlangen Spiegel. Er sitzt perfekt, wie eine zweite Haut auf meinem Körper.

Meine Rundungen werden gut in Szene gesetzt, und das erste Mal seit langer Zeit fühle ich mich schön und begehrenswert. Nun stellt sich mir die Frage, was ich oben drüberziehe. Ich könnte ihn zwar auch so empfangen, das würde aber den Überraschungseffekt zerstören. Sich auf dem Präsentierteller anzubieten, war nicht mein Ding. Es sei denn, er drapierte mich so, um mich oral zu befriedigen. Er schien es zu mögen, seine Sexpartnerin langsam zu entblättern und zu entdecken, was sich unter der Schale verbarg.

Kurz verwarnte ich mich selbst. Ich durfte nicht wieder in die Rolle verfallen, nur darauf zu achten, was er mochte. Meine Bedürfnisse waren genauso wichtig. Ich würde nicht denselben Fehler, den ich bei meinem ersten Mann gemacht habe, bei einem neuen Mann wiederholen.

„War er denn ein potenzieller neuer Mann?", fragte ich mich zweifelnd, während ich in meinem Schrank wühlte.

„Wollte ich überhaupt einen neuen Mann in meinem Leben?"

Die innere Stimme gab einfach keine Ruhe, sodass ich mich auf mein Bett setzte, um in mich zu kehren. Ich horchte in mich hinein und projizierte dabei meine Gedanken auf ihn. Konnte ich die Fragen meines Unterbewusstseins mit „Ja" beantworten, oder schwebte da auch irgendwo ein „Nein" durch meine Gefühle? Die Antwort war schnell gefunden und ein eindeutiges „Ja". Meine Meinung zu diesem Thema hatte sich im Laufe der Zeit geändert.

Im selben Moment fiel mir mein beerenfarbener Jumpsuit mit dem tiefen Rückenausschnitt wieder ein, und ich war zufrieden.

Pünktlich, kurz vor dem vereinbarten Zeitpunkt, war das Essen so gut wie fertig und ich angemessen gestylt. Ich konnte es kaum erwarten, ihn endlich einmal eine ganze Nacht für mich zu haben.

Endlich klingelt es an der Tür. Ich öffne ihm und denke: „Wow, was für ein Mann."

Scheinbar hat auch er sich ein wenig mehr Mühe als sonst gegeben. Der Bart ist akkurat gestutzt, und das Blau seines Shirts unterstreicht noch einmal mehr das tiefe Blau seiner

Augen. Seine Jeans sehen elegant und hochwertig aus, und der braune Gürtel betont seine schmalen Hüften.

Ich bin froh, dass er auf seinen offiziellen Anzug verzichtet hat. Seine Aufmachung unterstreicht mehr den „privaten Hintergrund", weswegen er hier ist. Ich habe keine Lust, wie eine Art Geschäftstermin abgearbeitet zu werden. Sein Lächeln wärmt meine Seele, und ich trete beiseite, um ihm den Eingang frei zu machen.

Wir küssen uns zur Begrüßung zart und sachte. Die Zeit sitzt uns nicht im Nacken und entspannt uns.

„Du bist wunderschön", haucht er mir ins Ohr, um mir dann sanft den Hals zu küssen.

„Vielen Dank", nehme ich das Kompliment einfach mal an, ohne es mit irgendeiner abwertenden Bemerkung herunterzuspielen. Es war ein langer Prozess gewesen, positive Aussagen zu meiner Person zu akzeptieren. Wenn er mich nicht schön und liebenswert finden würde, würde er es weder sagen noch wäre er dann heute hier. Basta.

Wir gehen gemeinsam in die Küche, und ich gieße uns als Aperitif einen „Aperol-Spritz" ein. Neugierig inspiziert er den Topf, der auf dem Herd blubbert. „Typisch Mann", schmunzle ich und scheuche ihn vom Herd weg. Er grinst und schlingt seinen freien Arm um meine Taille, um mich wieder zu küssen.

„Dann musst halt du erst einmal herhalten und meinen Hunger stillen", murmelt er, bevor er mich erneut küsst. Ich lasse ihn einen Moment gewähren, bevor ich ihn sanft von mir schiebe.

„Wir fangen nicht mit dem Dessert an", schimpfe ich scherzhaft und deute auf einen Stuhl am Tisch. Er verneigt sich leicht unterwürfig und schlendert äußerst sexy mit den Worten: „Dein Wunsch ist mir Befehl", zu dem ihm zugewiesenen Platz.

Ich erwische mich beim Augenrollen und muss lachen. Es ist schön, mit jemandem seinen Humor zu teilen. Beim Essen unterhalten wir uns über allerlei allgemeine Themen, und es herrscht eine friedliche Eintracht. Dieses harmlose Geplänkel hält jedoch nur so lange an, bis ich den Tisch abräume und den gesitteten Teil für beendet erkläre.

Die romantische Hintergrundmusik verstärkt das Knistern, das auf einmal zwischen uns im Raum steht. Er steht auf und zieht mich in den Wohnbereich meiner offenen Raumaufteilung. Dort legt er die Arme um mich, und wir tanzen zu einem Song, der mir unbekannt ist, mich aber tief berührt.

Ich ziehe seinen Kopf zu mir heran, und wir küssen uns wieder. Zuerst neckend, dann immer intensiver und fordernder. Seine Hände auf meinem Rücken fangen an, nach dem Reißverschluss meines Jumpsuits zu tasten. Ich habe bereits die Hände unter sein Shirt geschoben, um seine Brust und seinen harten Bauch zu streicheln. Der Stoff ist mir im Weg, und ich streife sein Shirt kurzerhand über seinen Kopf.

„Erster", kichere ich, bevor ich anfange, seine Brust zu küssen. Aus dem Augenwinkel sehe ich seine Mundwinkel zucken. Jetzt beschäftige ich mich zur Abwechslung mal mit seinen Brustwarzen, und er schließt die Augen, um sich ganz dem hervorgerufenen Gefühl hingeben zu können. Seine Hände lassen meinen Reißverschluss in Ruhe, und ich darf zuerst aktiv werden.

Ich kann nicht widerstehen und vergrabe meine Hände in seinem verführerischen Hintern. Ein leises Brummen von ihm nimmt das wohlwollend zur Kenntnis. Er lässt mich mit ihm machen, was ich möchte, und hält einfach nur still. Ich schiebe seine Arme nach oben, sodass er sie über seinem Kopf verschränkt, und beobachte entzückt das Muskelspiel unter seiner Haut. Ich knabbere mich an seiner Brust entlang bis zu seiner Achsel und lecke einmal langsam hindurch. Er ist rasiert, weswegen ich das Ganze noch mit etwas Züngeln und Saugen verstärke. Er zuckt überrascht zusammen, hält aber still. Nur an seiner Atmung merke ich, dass ich mit meinen Bemühungen auf dem richtigen Weg bin.

Mit meinen Fingernägeln fahre ich über seinen Rücken und sehe, wie bei ihm eine Gänsehaut erscheint.

„Ich gebe dir noch etwa fünf Minuten, bis du fällig bist", warnt er mich mit vor Erregung heiserer Stimme. Ich grinse in mich hinein und mache mich an seinem Gürtel zu schaffen.

Es freut mich diebisch, dass ich der Verursacher seiner Lust bin und dass ich ihn an den Rand seiner Beherrschung bringe. Die Jeans gibt eine beachtliche Beule preis. Ich befreie seinen Schwanz aus seinem Stoffgefängnis und wichse ihn erst einmal ein paar Mal mit kräftigem Händedruck. Damit hat er nicht gerechnet, und er stöhnt auf. Seine Hände greifen nach mir, doch ich befehle ihm streng, die Hände oben zu behalten. Er gehorcht augenblicklich, und ich genieße die Macht, die ich über ihn habe.

Ich greife nach einem Kissen, das ich in der Nähe auf der Couch erreichen kann, und werfe es vor mir auf den Boden. Knieend ist sein Penis genau in der richtigen Höhe, sodass ich gut an ihn herankomme. Zuerst beschäftige ich mich aber mit seiner Leiste. Ich küsse und lecke sie, während ich seinen Schaft mal kräftiger und mal sanfter massiere.

„Nimm ihn in den Mund und hör mit der Spielerei auf", befiehlt er stöhnend, und seine Arme zucken verdächtig in meine Richtung.

„Tz, tz, tz, immer diese Ungeduld", murmele ich unschuldig, während ich sanft gegen seine blankgelegte Eichel blase.

„Das wirst du gleich büßen", nuschelt er zwischen zusammengebissenen Zähnen, bleibt aber so, wie er ist, stehen.

Als ich die ersten Lusttropfen an der Spitze seines Penis austreten sehe, umkreise ich sie langsam mit meiner Zunge und spiele mit dem zarten Bändchen unterhalb der Eichel. Als Antwort erhalte ich ein tiefes Grollen aus seiner Kehle und ein ungeduldiges Wippen mit der Hüfte. Ich beschließe, ihn zu erlösen, und öffne meinen Mund weit, um ihm Einlass zu gewähren. Er begreift sofort, was ich vorhabe, und fängt an, meinen Mund zu ficken. Ungezügelt stößt er immer wieder tief in meine Kehle, und ich bin überrascht, wie viel ich von ihm aufnehmen kann. Als sein Stöhnen immer lustvoller wird und sein Schwanz verdächtig anfängt zu pulsieren, entzieht er sich meinem Mund.

Er streckt mir die Hand entgegen, um mir beim Aufstehen zu helfen, und zieht mich hoch. Sofort sind seine Hände bei dem Reißverschluss meines Jumpsuits, und innerhalb von

Sekunden stehe ich nur noch im Body bekleidet vor ihm. Während er mich anerkennend betrachtet, entweicht ihm ein leiser Pfiff. Ich nehme das mal als Kompliment.

Da die Schlafzimmertür offensteht und meine Wohnung nicht besonders groß ist, stellt sich nicht die Frage, wo es jetzt hingehen soll. Er hebt mich einfach hoch und trägt mich zum Bett. Hier will jemand keine Zeit verschwenden und hat es sehr eilig.

Ich komme unter ihm zum Liegen und schwelge in dem Gefühl, seinen schweren Körper auf meinem zu spüren. Das Gewicht eines Mannes auf mir habe ich vermisst. Er küsst mich stürmisch und reibt seine harte Erektion an mir. Ich spreize meine Beine und umschlinge ihn, um ihn noch fester an mir zu spüren. Die Geräusche, die wir von uns geben, kann man nur noch als animalisch beschreiben. Mit der Hand, die er nicht zum Abstützen benötigt, reibt er meine Brust durch den Body hindurch und zwirbelt meine Brustwarze. Der leichte Schmerz, der dabei entsteht, schießt mir sofort in den Unterleib und löst eine Stichflamme der Lust in mir aus.

Ich schreie leise auf und drücke ihm meine Brust entgegen. Nun widmet er sich mit Hingabe meiner anderen Brust, bevor er sein Gesicht zwischen beiden vergräbt.

Er rollt sich neben mich, um besseren Zugang zu meinen sensiblen Stellen zu haben. Er tastet mit den Fingern zwischen meinen Beinen nach dem Verschluss.

„Den behältst du auf jeden Fall an", raunt er mir zu, bevor er die Druckknöpfe öffnet und den bereits nassen Stoff beiseiteschiebt.

Während er wieder beginnt, an meiner Brust zu saugen, steckt er direkt drei Finger in mich hinein, und ich erschaudere vor Lust. Rhythmisch fängt er an, mich mit seinen Fingern zu ficken, während er meine Brustwarzen attackiert. Ich bin bereits ein Nervenbündel und winde mich wimmernd unter ihm. Dann richtet er sich auf, leckt sich genüsslich die Finger ab, bevor er mit seinem Kopf zwischen meinen Beinen abtaucht. Er hält Wort, denn die herrliche Folter geht in Form von Lecken und Züngeln weiter. Irgendwann habe ich das Gefühl, vor Verlangen zu vergehen und hier und sofort zu schmelzen.

„Vögel mich endlich, du Fiesling. Ram mir deinen Prügel hinein“, schimpfe ich mit ihm. Mir ist inzwischen alles egal. Das Einzige, was ich jetzt noch will, ist, seinen Schwanz in mir zu spüren. „Jetzt, sofort!“, motze ich wie ein kleines Kind und ziehe ihn an den Haaren. Um dem Ganzen Nachdruck zu verleihen, hüpfe ich mit dem Becken auf und ab.

„Na gut, dann will ich mal nicht so sein“, gibt er sich gönnerhaft, und die nackte Gier blitzt unter dem Schalk in seinen Augen. Er nimmt sich eines der Kondome vom Nachttisch, die ich vorsorglich dort platziert habe, und streift es sich über. Endlich liegt er auf mir und dringt ganz langsam, um mich noch etwas zu quälen, in mich ein.

„Nichts da!“, denke ich mir und ziehe ihn mit einem Ruck heran, indem ich meine Beine um seine Hüfte schlinge. Endlich füllt mich seine gesamte Härte aus, und ich bewege mich bereits hungrig unter ihm. Zum Glück ist er auch bereit, zur Sache zu kommen, und fängt an, mich wie ein Dampfhammer zu vögeln. Mit dem neu entdeckten Wissen, dass ich auf harten Sex stehe, heize ich ihn immer weiter an.

Wir treiben es mit einer Besessenheit, dass ich mir kurz Sorgen um die Stabilität des Bettes mache. Dann wird mein Geist von einer Welle der Ekstase verschlungen. Irgendwann verabschiedet sich mein Bewusstsein in einer Explosion an Empfindungen, und ich schreie meinen Orgasmus laut hinaus. Es ist mir nicht mehr möglich, das in irgendeiner Form elegant zu tun. Währenddessen verkrampfen sich meine Muskeln so sehr, dass ich mich an ihm festkralle und ihn mit Sicherheit mit meinen Nägeln verletze. Ich höre ihn nicht weniger laut über mir zum Höhepunkt kommen und spüre, wie sein Körper auf meinen herabsackt. Schwer atmend und keuchend halten wir uns aneinander fest, nicht in der Lage, irgendetwas anderes zu tun.

Als wir uns einigermaßen wieder bei Sinnen sind, zieht er sich aus mir zurück und rollt sich neben mich aufs Bett. Ich bedauere sofort den Verlust seines Körpers auf mir und sehe ihn an. Er sieht verschwitzt und unfassbar sexy aus. Er befreit sich vom Kondom, verschließt es und lässt es neben das Bett fallen.

„Wie ich sehe, hast du bereits vorgesorgt", sagt er mit einem frechen Unterton und deutet auf die beiden weiteren Kondome, die auf dem Nachttisch liegen. Ich kuschle mich in seine Arme und inhaliere seinen Duft.

„Es ist nur ein Vorschlag, aber wenn du nicht mehr kannst…", setze ich zu einer eigenen frechen Antwort an, werde jedoch durch einen Kuss unterbrochen.

„Du hast gerade die Büchse der Pandora geöffnet, Fräulein", raunt er mir mit einem gefährlichen Glitzern in den Augen zu.

„Nichts anderes wollte ich", erwidere ich mit kokettem Augenaufschlag und freudiger Erwartung.

Am nächsten Morgen wache ich mit einem glücklichen Lächeln und einem wundgescheuerten Körper auf. Sein Bart hat Spuren auf meiner Haut hinterlassen, und ich habe ungewohnten Muskelkater in den Gliedern. Das war unserem Sex-Marathon dieser Nacht geschuldet. Anders lässt sich das nicht beschreiben. Selbstverständlich haben wir alle drei

Kondome verbraucht und uns den Verstand aus dem Kopf gevögelt, bis es körperlich nicht mehr ging.

„Halleluja, so etwas habe ich selbst in meiner Teenagerzeit nicht erlebt", frohlocke ich und blicke zu meinem Bettnachbarn hinüber. Liebevoll lasse ich meinen Blick über seinen halb entblößten Körper gleiten, der sich lang in der anderen Betthälfte ausstreckt. Das bereits von weißen Strähnen durchzogene Haar fällt ihm in die Stirn. Sein Gesichtsausdruck ist entspannt und friedlich. Ich frage mich erneut, wie er es schafft, sich bei seinem straffen Arbeitstag so fit zu halten. Vermutlich stammt eine gewisse Grundfitness aus jüngeren Zeiten. Aus eigener Erfahrung weiß ich, wie schnell sich ein paar Kilos an unerwünschten Stellen niederlassen. Unbewusst streiche ich mir über den Bauch. Meine paar Extra-Kilos scheinen ihn nicht zu stören. Dieser Mann hatte so viel Lust auf meinen Körper gezeigt, dass ich mich wie das schönste Topmodel vorkam.

Jetzt schlägt er die Augen auf und sieht mich mit diesen unfassbar blauen Augen an.

„Hi du", sagt er leise und streckt den Arm nach mir aus. Ich schlüpfe an seine Seite und habe das Gefühl, angekommen zu sein. Wir halten uns im Arm und schweigen in friedlicher Eintracht. Nach einer Weile stütze ich mich auf, da ich den dringenden Wunsch nach einem Kaffee verspüre.

„Wie geht es dir?", fragt er mich und blickt mich besorgt an, nachdem ich mein Gesicht wohl etwas zu auffällig schmerzvoll verzogen habe.

„Habe ich dir wehgetan?" Die Bestürzung in seinem Gesicht rührt mich sehr.

„Nein", beruhige ich ihn. „Ich habe nur etwas Muskelkater von der ungewohnten sportlichen Betätigung." Eine feine Röte überzieht meine Wangen bei dem Geständnis und verdunkelt sich, als er anfängt, freundlich zu lachen.

„Es kann halt nicht jeder so fit sein wie du", maule ich etwas beleidigt und knuffe ihn in die Seite. Er küsst mich, immer noch leise kichernd, und erwidert:

„Dann müssen wir jetzt wohl mehr üben, um dich in Form zu bringen."

Mit gespielter Empörung fange ich an, ihn zu kitzeln, mit dem Erfolg, dass er nicht kitzelig ist. Ich hingegen schon, was ihm nicht entgangen ist. Seine Rache folgt postwendend, und innerhalb kürzester Zeit liege ich quickend und lachend auf dem Rücken.

„Stopp, stopp, bitte, halt, ich sterbe", rufe ich mit erstickter Stimme und versuche, mich aus seinem unnachgiebigen Griff zu befreien. Er gibt mich schließlich frei, und ich rette mich, soweit meine Schmerzen es zulassen, mit einem Satz aus dem Bett.

„Aus, pfui, du bist ein böser Junge", schimpfe ich mit ihm und muss dabei über meinen eigenen Blödsinn lachen. Auch in einem gesetzteren Alter erlaube ich mir noch, etwas albern zu sein. Mein Gegenüber sieht das genauso und streckt mir die Zunge raus.

„Ich möchte jetzt duschen, kommst du mit?", fragt er mich und erhebt sich ebenfalls. Ich bin für den Moment abgelenkt und antworte nicht. Meine Augen kleben an seinem Körper, insbesondere an seinem halberwachten Glied. Sofort fangen die Hormone in meinem Körper wieder an, Samba zu tanzen.

„Das darf doch nicht wahr sein", wundere ich mich über mich selbst. Schmerzen hin oder her, ich bin schon wieder scharf auf ihn. Nach ein paar Sekunden wird mir bewusst, dass er mich etwas gefragt hat.

„Was hast du gesagt?", hake ich noch einmal nach und löse gezwungenermaßen meinen Blick von seinem Schwanz.

„Ob wir gemeinsam duschen?", wiederholt er geduldig und kommt auf mich zu.

„Hast du eigentlich noch Vorrat im Haus?", fragt er wie nebenbei und nickt in Richtung Nachttisch. Flammende Röte steigt erneut in meine Wangen, als ich an die Großpackung Kondome denke, die ich im Übereifer gekauft habe. Er bemerkt meine Verlegenheit und küsst mich sanft auf die Lippen, um mich davon abzulenken. Einerseits war mir nichts Sexuelles vor ihm peinlich, aber andererseits brachte mich die simple Frage nach einem weiteren Kondom aus der Fassung. Ich verstand mich selbst nicht mehr und gab mir einen Ruck.

„In der Schublade sind mehr als genug, sodass wir wohl eine Weile damit auskommen werden", finde ich wieder zu mir selbst und beantworte seine Frage.

„Ich finde es sehr niedlich, dass du noch verlegen werden kannst", flüstert er mir ins Ohr, bevor er sich an der Schublade bedient.

Als wir, nackt wie wir sind, zu meinem Badezimmer gehen, denke ich darüber nach, wie wir das vom Platz her in der Dusche bewerkstelligen wollen. Die Kabine war zwar mit einer Regendusche ausgestattet, sodass das Wasser von oben auf uns herabfiel, doch das Volumen ließ zu wünschen übrig. Während ich ein paar Handtücher vorbereite, legt er das Kondom griffbereit in die Seifenablage. Er wirft einen prüfenden Blick durch den Raum und schnappt sich kurzerhand meinen Plastikfußtritt, der unter meinem Waschbecken steht. Den hatte ich mir einmal angeschafft, um an höher gelegene Schränke heranzukommen. Ich hätte nicht gedacht, dass ich ihn später mal für andere Zwecke nutzen würde, um mich höher zu positionieren.

Ich stelle mich in der Dusche auf den Hocker und bin jetzt erfreulicherweise fast genauso groß wie er. Das Wasser prasselt lauwarm auf uns herab und umhüllt uns mit nasser Gleichmäßigkeit. Ungefähr gleich groß zu sein, machte vieles einfacher, da sich niemand von uns unbequem recken oder verbiegen muss. Ohne Aufwand zieht er mich vorsichtig an sich, damit ich nicht stürze, und kneift meine Pobacken, während er mich zärtlich küsst. Ich schlinge meine Arme um seinen Hals und fahre ihm durch die nassen Haare. Meine Haare fallen bereits auch schon nass und schwer über meinen Rücken. Sein Bart ist vom Wasser weicher als sonst und kratzt nicht mehr so sehr an meiner zarten Gesichtshaut.

Sein Lust-Stab hat sich steil an seinem Körper aufgerichtet und reibt sich feucht zwischen uns. Ich greife mit den Händen nach unten und zwischen uns, um ihn zu massieren. Ich spüre, wie er in meinen Händen noch mehr wächst und härter wird. Durch das Wasser gleitet er geschmeidig durch meine Finger. Als sein Penis schließlich hart genug ist, hilft er mir dabei, mich umzudrehen. Ich bin froh über die extra beworbenen Anti-Rutsch-Füße des Tritts, denn der steht bombenfest an Ort und Stelle.

Er greift nach dem Kondom, und kurz darauf spüre ich seinen Schwanz an meinen Pobacken reiben. Seine Hände umfassen mich und gleiten über meine Brüste, um sie leicht zusammenzupressen und zu liebkosen. Meine Brustwarzen werden noch härter, als sie es ohnehin schon sind, und er spielt eine Weile damit, bevor seine eine Hand tiefer wandert. Seine Finger streicheln abwechselnd meine Klit oder verschwinden in meiner Möse. Mir ist es egal, was er dort macht, solange er damit nicht aufhört. Erregt drücke ich meinen Rücken gegen seine Brust und mein Becken gegen seine köstlichen Finger. Die allzu ersehnte Hitze rast durch meinen Körper, und keine Dusche der Welt scheint diese Flammen löschen zu können. Leider hört er viel zu früh mit seinen Fingerfertigkeiten auf und entzieht mir seine Hand. Ich gebe einen enttäuschten Laut von mir, den er mit einem Kuss auf meine Schulter beantwortet.

Er weicht ein Stück zurück und spreizt etwas meine Beine. Das Wasser läuft währenddessen immer weiter unsere Körper hinab und verleiht dem Ganzen etwas Schlüpfriges und

Verdorbenes. Sein Schwanz gleitet wie von selbst in mich hinein, und ich heiße ihn willkommen. Zuerst stößt er bedächtig zu, noch in Sorge, dass ich verletzt sein könnte. Bei jedem Stoß geben unsere Körper einen leisen, schmatzenden Laut von sich, den ich versuche, so gut es geht, zu ignorieren. Es wäre überaus unpassend, jetzt einen Lachanfall zu bekommen. Ich gebe ihm ein Zeichen, dass ich okay bin, und stütze mich an den Badezimmerfliesen ab. Mehr feuchte Unterstützung als in einer Dusche konnte man schließlich nicht bekommen.

Er steigert das Tempo, und das Schmatzen wird dabei immer lauter und schneller.

„Ob ihn das Geräusch auch so rausbringt?", überlege ich und versuche, mich auf das Gefühl seiner Latte in mir zu konzentrieren. Meine Erregung schwankt, und es fällt mir schwer, sie aufrechtzuerhalten. Dieses Geräusch lenkt mich so sehr ab, dass ich fast nichts anderes mehr wahrnehme. Plötzlich merke ich, wie er aufhört und sich aus mir zurückzieht. Zerknirscht sieht er mich an, als ich mich umdrehe. Das Wasser strömt sein Gesicht hinab. Von seinem Ständer ist nichts mehr zu sehen.

„Was ist los?", frage ich ihn verwirrt. „Habe ich irgendetwas falsch gemacht?"

Bestürzt dreht er das Wasser ab und nimmt mich sofort in die Arme.

„Nein, um Himmels willen, denk bloß nicht so etwas!", sagt er eindringlich und sieht mir dabei tief in die Augen, bevor er mir einen Kuss gibt.

„Es ist nur …", dieses Mal druckst er herum wie ein kleiner Junge.

„Ja?", bohre ich weiter nach, da ich immer noch nicht so richtig beruhigt bin. Schließlich bricht es aus ihm heraus:

„Bei diesem schmatzenden Geräusch kann ich einfach nicht. Hast du das nicht gehört? Das hat mich so dermaßen aus dem Konzept gebracht, dass der Kleine einfach nicht stehen bleiben konnte. Es tut mir wirklich sehr leid."

Er sieht bei dem Geständnis so dermaßen geknickt aus, dass mich eine große Welle von Zuneigung für diesen Mann überflutet. Trotzdem kann ich mir nur mit Mühe das Lachen verkneifen. Er ist gerade so geknickt und verletzlich, dass Lachen seinen männlichen Stolz nur verletzen würde, und das will ich nicht.

„Ich bin froh, dass du das sagst", beruhige ich ihn und streichle über seine Wange.

„Mir ging das Geräusch auch unheimlich auf die Nerven. Das hat bei mir auch die Leidenschaft weggewaschen", versuche ich mich jetzt doch noch an einem Dusch-Scherz.

Erleichterung breitet sich auf seinem Gesicht aus, und auch ein kleines Lächeln ist wieder zu sehen.

„Dann scheint Sex in der Dusche doch nicht so toll zu sein, wie man sagt", unkt er und lacht leise.

„Nein, wahrlich nicht. Das wird total überbewertet", erwidere ich und greife nach dem Shampoo. Wenn ich schon einmal nass war, dann konnte ich mir auch direkt die Haare waschen.

„Warte, das möchte ich machen", sagt er und streckt fragend die Hand nach der Shampooflasche aus. Lächelnd drücke ich sie ihm in die Hand und drehe ihm wieder den Rücken zu. Vorsichtig und gründlich schäumt er mir die Haare ein und seift auch direkt meinen Körper mit ab. Das fühlte sich wesentlich intimer an als der missglückte Sex von vorhin. Ich revanchiere mich bei ihm, wobei ich zugeben muss, dass ich seinem besten Stück eine besondere Zuwendung entgegenbringe. Leider reagiert der gebeutelte Kamerad nicht darauf, und ich lasse es dabei bewenden.

Wir trocknen uns ab, wobei wir immer wieder kleine Küsse austauschen, und setzen uns, bequem in Unterwäsche und Shirt gekleidet, in meine Küche, um einen Kaffee zu trinken.

„Sprichst du über den rosa Elefanten hier im Raum, oder soll ich das übernehmen?", meldet er sich, zu meinem Erstaunen, nach einer Weile zu Wort. Ich sehe ihn verwundert an und frage mich für einen kurzen Moment, ob er auf seinen Erektionsabbruch im Bad anspielt.

„Ist mein Kaffee so schlecht, dass du jetzt schon rosa Elefanten siehst?", versuche ich die Situation mit Humor zu überspielen und blicke in seine Tasse.

„Nein, meine Liebe, ich meine das ernst." Er nimmt meine Hand in seine, und ich muss schwer schlucken, da ich plötzlich einen Kloß im Hals habe.

„Ich weiß, dass ich dir gesagt habe, dass ich kein Mann für feste Bindungen bin. Dass meine Arbeit immer an erster Stelle stehen wird und ich nach zwei Scheidungen nur noch Sex ohne Verpflichtungen haben möchte." Er macht eine bedeutungsschwangere Pause, bevor er fortfährt.

„Ich befürchte nur, dass ich mir selbst etwas vorgemacht habe und mir mein Herz gerade einen Strich durch die Rechnung macht und mir eine lange Nase zeigt."

„Was meinst du damit?", frage ich ihn leise, etwas begriffsstutzig, und habe gleichzeitig Angst vor seiner Antwort. Erst jetzt wird mir fatal bewusst, dass es für mein Herz bereits zu spät ist. Dass sich mein Herz nicht an die Abmachung 'reiner Sex ohne sich zu verlieben' gehalten hat. Mir hätte von vornherein klar sein müssen, dass ich dafür nicht geschaffen war. Besonders nicht bei einem so umwerfenden Mann wie ihm.

„Ich habe meine Meinung geändert. Du hast mich geändert. Mir reicht reiner Sex nicht mehr. Nicht mit dir. Wenn ich auf der Arbeit bin, denke ich ständig nur an dich. Mir ist das auf einmal alles nicht mehr so wichtig. Sollen die jüngeren Leute ran und sich die Abende in der Firma um die Ohren hauen. Das Leben ist zu kurz, um es auf Dauer ewig über den Akten zu verbringen. Ich will mehr von uns, und ich hoffe, dass du das auch willst", spricht er jetzt klar und deutlich meinen innigsten Wunsch aus.

Es dauert eine Weile, bis die Information durch meine aufgewühlten Gefühle hindurchsickert und mein Gehirn erreicht. Er schaut mich erwartungsvoll an und wartet sichtbar auf eine Reaktion von mir.

'Er will mehr. Er will mich.' Eine wahre Flut an Glückshormonen schießt durch mich hindurch.

„Du machst mich gerade sehr, sehr glücklich", ist das Erste, was mir zu diesem Geständnis einfällt. Erleichterung zeichnet sich auf seinem Gesicht ab, und sein Körper entspannt sich deutlich.

'Der große Firmenboss war nervös und angespannt wegen meiner Entscheidung gewesen', flüstert mein neues Selbstbewusstsein mir ins Ohr. 'Er ist bereit, sein Leben für mich umzukrempeln, obwohl er das eigentlich nicht tun wollte. Für mich!'

Er drückt meine Hand, und wir grinsen uns dümmlich an wie zwei verliebte Teenager.

„Mir fällt gerade ein riesiger Stein vom Herzen. Ich hatte nämlich schon Sorge, dass du mich nach meinem Durchhänger im Bad nicht mehr willst", gesteht er mir dann noch kleinlaut. Jetzt kann ich mir ein Augenrollen nicht mehr verkneifen und murmle mehr zu mir selbst:

„Oh Mann, Männer. Das ist nicht dein Ernst."

„Hey, jetzt trampel nicht auf meiner empfindlichen Männerseele rum", schnappt er gespielt ein und zwinkert mir zu.

„Du kannst es ja gleich wieder gutmachen", schlage ich ihm scherzhaft vor. Ich habe die Worte kaum ausgesprochen, da werde ich auch schon vom Stuhl gehoben und ins Schlafzimmer getragen.

Er hat tatsächlich Wort gehalten und weniger Zeit im Büro verbracht, als am Anfang unserer Beziehung. Ich hätte niemals gedacht, dass ich mit einem Mann so glücklich werde, wie mit ihm. Was das Thema Kinder angeht, waren wir zum Glück einer Meinung. Es hatte sich bisher nicht ergeben, und in unserem Alter würden wir damit jetzt auch nicht mehr anfangen. Ich war über diese Tatsache sehr erleichtert. Mit meinem Ex-Mann hatte ich jahrelang krampfhaft versucht, ein Kind zu bekommen. Wir hatten alles versucht, waren bei dutzenden Ärzten und Spezialisten gewesen, ohne Erfolg. Das hat unsere Ehe nachweislich belastet und ihn immer wieder Trost bei anderen, jüngeren Frauen suchen lassen. Bis schließlich eine von ihnen schwanger wurde und er mich für sie verließ. Im Nachhinein war das das größte Geschenk, das er mir machen konnte. Jetzt habe ich endlich den Mann an meiner Seite, der zu mir passt.

Mittlerweile haben wir uns beide auf HIV testen lassen und sind dazu übergegangen, auf Kondome zu verzichten. Nackt fühlte sich sein Schwanz noch besser in mir an als mit

Verpackung. Demnächst würde er sich sterilisieren lassen, sodass ich dann auch nicht mehr auf die Verhütung achten muss. Ich bin richtig glücklich.

Das Klingeln an der Tür reißt mich aus meinen Gedanken, und ich öffne die Tür in voller Vorfreude auf ihn. Nur Sekunden später tritt er aus dem Fahrstuhl, in der Hand eine einzelne langstielige Rose. Er überreicht sie mir lächelnd und küsst mich zur Begrüßung. Die Rose scheint er beim Blumenladen in der Nähe seines Hauses erworben zu haben, da er bereits umgezogen in Jeans und T-Shirt vor mir steht.

„Ich hatte keine Lust mehr zu arbeiten und bin früher abgehauen", erklärt er sein frühes Erscheinen zu dieser für ihn ungewöhnlichen Uhrzeit. Dabei freut er sich diebisch, wie ein kleiner Junge, dem ein Streich gelungen ist. Ich schwenke drohend den Zeigefinger und sage mit drohender Direktorinnenstimme: „So, so, du hast also geschwänzt! Darf man denn das?"

In seinen Augen glitzert es verdächtig, als er kleinlaut erwidert: „Ich war sehr unartig. Werde ich jetzt etwa bestraft?"

Auf Rollenspiele verstand ich mich eigentlich nicht, deshalb war ich zunächst etwas überfordert mit seiner Reaktion. In meinem Kopf arbeitete es fieberhaft. „So geht das aber nicht, Bürschchen!", improvisierte ich weiter und gab ihm etwas ungelenk einen Klaps auf den Hintern. Die Lachfältchen um seine Augen und seine zuckenden Mundwinkel verrieten, dass er sich köstlich über meine amateurhaften Versuche, eine Domina zu imitieren, amüsierte.

„Ach, du bist doof", brach ich den Versuch, ihn zu bestrafen, schmollend ab und war insgeheim froh, nicht weitermachen zu müssen. Er nahm mich kichernd in den Arm und küsste mich gut gelaunt.

„Das war eine sehr interessante Vorstellung, alle Achtung. Diese Angelegenheit fällt unter ‚sie war stets bemüht und engagiert'", zog er mich auf, und ich streckte ihm die Zunge raus.

„Na warte, du Frechdachs. Wir werden noch sehen, wer hier wen bestraft", sagte er und trug mich ins Schlafzimmer. Dort angekommen, legte er mich bäuchlings auf das Bett und fing an, mir den Hintern zu versohlen. Blitzschnell drehte ich mich um und kam außer Reichweite.

„Na warte, das bedeutet Krieg." Ich schnappte mir ein Kissen und attackierte ihn damit von hinten. Sofort entbrannte eine wilde Kissenschlacht, und wir jagten uns quer durch meine Wohnung.

„Wenn uns jetzt einer sehen könnte, der würde uns für komplett bescheuert halten. Je oller, je doller", dachte ich kurz, doch dann musste ich auch schon eine heimtückische Attacke aus dem Hinterhalt parieren. Irgendwann ergab er sich und ließ sich auf meine Couch fallen.

„Alles klar, du hast gewonnen. Ich ergebe mich." Er streckte die Hände zum Zeichen seiner Kapitulation nach oben, und ich gab ein Siegesgeheul von mir.

Wie er da so ausgestreckt vor mir auf meiner Couch lag, kamen mir ein paar lustvolle Ideen in den Kopf. Kurz überlegte ich, ihm einen lasziven Strip hinzulegen. Dann wurde mir bewusst, dass ich das genauso wenig kann wie Rollenspiele, und ich verwarf den Gedanken sofort wieder. Eine Blamage am Tag reicht voll und ganz. Deswegen zog ich mich einfach bis auf die Unterwäsche aus und warf meine Sachen über den Fernsehsessel. Jetzt hatte ich definitiv sein Interesse geweckt und seine volle Aufmerksamkeit. Um die Unterwäsche zu entfernen, konnte er ruhig selbst Hand anlegen, beschloss ich, und ging zu seiner Liegefläche, um mich rittlings auf ihn zu setzen. Er schaute mich allerdings nur interessiert an und verschränkte die Arme hinter dem Kopf.

„Na warte, du Pascha, dir mache ich Beine", schmiedete ich einen Plan, um ihn aus der Reserve zu locken. Ich hielt seinem unverschämten Blick stand und fing langsam an, mit meinen Händen über meinen Körper zu streicheln. Seine Augen verfolgten jede meiner Bewegungen genau, doch er rührte sich nicht vom Fleck. Ich begann, meine Brüste über dem BH zu reiben und mit dem Stoff und den Trägern zu spielen. Eigentlich wollte ich ihn damit nur ärgern, doch langsam fing ich an, Gefallen an diesem Spiel zu finden. Meine Hände glitten über meinen Bauch hinab in meinen Schoß, und ich ließ eine Hand kurz in meinen Slip gleiten, bevor ich mich wieder mit meinem Körper beschäftigte. Kurzentschlossen öffnete ich meinen BH und zog ihn aus, damit ich freien Zugang zu meinen Brüsten hatte. Ich spürte, wie er langsam unter mir hart wurde und sich sein Penis gegen meinen Schritt drängte. Nichtsdestotrotz sah er mich nur mit sengendem Blick an. Angespornt, das unausgesprochene Duell gegen ihn zu gewinnen, beschäftigte ich mich wieder mit meinen Brüsten. Die Brustwarzen drückten sich hart gegen meine Fingerspitzen, als ich sie sanft zwirbelte, und mir entwich ein zufriedener Seufzer.

Die Augen hatte ich mittlerweile geschlossen und konzentrierte mich nun voll und ganz auf mich und meine Empfindungen. Wie von selbst wanderte meine Hand wieder in meinen Slip, und ich fing an, mich selbst dort zu streicheln und zu massieren. Dem Gefühl zwischen meinen Beinen nach zu urteilen, war sein Schwanz mittlerweile richtig hart, und ich meinte auch eine beschleunigte Atmung wahrzunehmen. Für seine Verhältnisse hatte er sich aber noch erstaunlich gut im Griff. Ich zog meine Hand aus meiner Hose und leckte meine feuchten Finger ab. Erstaunlicherweise gefiel mir, wie ich schmeckte, und ich konnte nachvollziehen, warum er so viel Zeit darauf verwendete, mir meine Muschi auszulecken. Jetzt hörte ich ein eindeutiges Knurren von ihm und wusste, dass ich ihm zusetzte. Da ich um seinen Titten-Fetisch wusste, wendete ich mich wieder meinen Brüsten zu. Mit feuchten Fingern umkreiste ich wieder meine Brustwarzen. Dann hob ich sie mit den Händen an und ließ sie wippen. Eindeutiges Stöhnen erklang unter mir. Ich warf einen kurzen Blick auf ihn und freute mich gehässig darüber, dass er kurz davor war, die Beherrschung zu verlieren.

Um ihn noch mehr zu foltern und auch mir noch mehr Lust zu gönnen, steckte ich meine Hand wieder in die Hose. Jetzt fing ich an, deutlich sichtbar für ihn, mit dem Finger meine Klit zu massieren. Ich war mindestens genauso erregt wie er und stöhnte leise, als die Lustwellen in mir emporstiegen. Unbewusst rieb ich mit meinem Schritt über seine enge Hose, und der raue Stoff an meiner Scham heizte mich noch mehr an. Da ich genau wusste, mit wie viel Druck und welcher Geschwindigkeit ich es am liebsten mag, dauerte es nicht lange, bis ich tatsächlich, auf ihm sitzend, zum Orgasmus kam. Vollkommen fasziniert sah er mich an, als ich langsam wieder zu mir kam. Das war das erste Mal, dass ich es mir vor meinem Partner selbst besorgt hatte. Sein Blick lag mit einer Art Stolz auf mir, sodass keinerlei Gefühl von Peinlichkeit oder Scham in mir aufkam.

Leider musste ich mich dieses Mal geschlagen geben. Ich hatte ihn nicht aus der Reserve locken können. „Egal", dachte ich mir, „dann gehe ich eben jetzt zum Frontalangriff über." Kurzentschlossen machte ich mich an seiner Hose zu schaffen. Bereitwillig half er mir, sich komplett auszuziehen, und befreite mich auch von meinem durchfeuchteten Slip. Kurz darauf lag er endlich auf und in mir, und wir trieben es ausgiebig auf meiner Couch.

MEHR SPANNENDER LESESTOFF VON MAIKE JOHNKE:

Annabelle glaubte, die Liebe ihres Lebens gefunden zu haben. Doch hinter jedem Traum lauert oft ein Albtraum. Als Annabelle sich Hals über Kopf verliebt, öffnet sie ihr Herz ohne Vorbehalt. Ihre anfängliche Euphorie verwandelt sich jedoch bald in blankes Entsetzen. Sie erkennt zu spät, dass die Person, der sie vertraut, eine dunkle Facette verbirgt. Was als romantische Liebesgeschichte beginnt, kippt nach ihrer Trennung in einen Schrecken ohne Ende. Annabelle wird nicht nur gestalkt – sie wird entführt und findet sich in einem Kampf um Leben und Tod wieder. Jeder Moment, den sie in Gefangenschaft verbringt, bringt sie näher an den Abgrund. Kann sie entkommen, bevor es zu spät ist?

ISBN: 978-3384321787

Eine Welt voller Bücher

Unvergessliche Abenteuer
Faszinierende Charaktere
Neue Welten und Ideen

Bei Infinity Gaze endet
die Lesereise nie!

Jetzt entdecken unter:
www.infinitygaze.com